我紛紛的情欲

木心作品集

1995年於英國

1984-1991年紐約住所

到十月底，十一月，還將播下栗子
我發覺農民是憎惡土地的，尤恨樹木
只憑我單户匹夫素崇尚泥層和植物
栗樹比橡樹更其長得快，真快
三十年枝繁葉密，一百年參天巨木了
只要耐性等待，幸我素以耐性著名
在這裡我一無所友，誰也不理會誰
只與那個青年有約，他駕車送肥料
幫我幹掘樹坑栽果木的重活兒
~~時序，秋意，楓葉紅，樺葉黃~~
下雨，道途泥濘，安心廚下烹飪
我視力上佳，能精辨物體的畸形異彩
可惜我是在以這種方式消磨時光
秋季顯得長，楓叶紅，樺叶黃 1938

手跡

編輯弁言

木心的文章總是空襲式的，上世紀八〇年代他的《瓊美卡隨想錄》、《溫莎墓園》、《即興判斷》……曾那樣空襲過台灣不同世代即使最挑剔的讀者。一如葉公好龍，神龍驟臨，讓我們驚駭、感激、困惑、羞慚……像舉手遮眉抬頭望向天際，這些穿透二十世紀的文明劫滅或藝術心靈墮壞的灰色長空，如自在飛花，卻又如旋風如光燄爆炸的詩句，究竟從何而來？

他像是來自遙遠古代的墜落神祇——在某個意義上說，木心的那個世界，那個精緻的、熠熠為光的、愛智的、澹泊卻又為美為精神性叩問而騷亂的世界，在他展開他那淡泊、旖旎的文字卷軸時，早已崩毀覆滅，「世界早已精緻得只等毀滅」——他像一個孤證，像空谷跫音，像一個「原本該如是美麗的文明」之人質。有時悲哀沉思，有時誠懇發脾氣；有時嘿笑如惡童，有時演奏起那絕美故事，銷魂忘我；有時險峻刻誚，有時傷懷綿綿。

我們閱讀木心，他的散文、小說、詩、俳句、札記，如織如梭，難免被他那不可思議廣闊的心靈幅展而顫慄。我們為其全景自由的洞見而激動而豔羨，為其風骨儀態而拜倒而自愧。他是結結實實的懷疑主義者；他博學狡猾如狐狸，冷眼人世，似與老莊、希臘賢哲、魏晉文士、蒙田、尼采、龐德、波赫士……在一穿過人類文明曠野的馬車，蹦跳恣笑、噴煙吐霧；卻又古典柔慈在童年庭園中，以他超前二十世紀之新，將那裏脅著悠緩人情，戰爭離亂，文明劫毀之前的長夜，某些哲人如檻中困獸負手踱室，卻一臉煥然的光景，像煙火燒燎成一個個花團錦簇的夢。

此次印刻出版社推出之「木心作品集」，是目前為止海峽兩岸木心文集最完整之版本，其中《詩經演》一部，應可一慰讀者渴慕之情。哲人已逝，這整套「木心作品集」的面世，對我們，或如漫遊一整座諸神棲止的嘸語森林，一部二十世紀心靈文明墮敗與掙跳，全景幻燈，摺藏隱喻於他翩翩詩句中的整齣《紅樓夢》。

目錄

輯三

輯一

我紛紛的情欲

尤其靜夜
我的情欲大
紛紛飄下
綴滿樹枝窗櫺
唇渦，胸埠，股壑
平原遠山，路和路
都覆蓋著我的情欲

因為第二天
又紛紛飄下
更靜，更大
我的情欲

一九九〇

地中海

冰塊摹擬著
往事說
拿波里的那幾天
陽臺對食草莓
皆因口唇
咀嚼之際尤美

不可知論
在遠涯輥鳴
白帆，黑帆
也許黑白方格帆
迎面吹來
偉大慢板的薰風

一九八九

牛奶・羊皮書

牛奶中
有牛的力氣
羊皮書中
有羊的智慧
我天天喝牛奶
長久不讀羊皮書了
論智慧

現代才可能有
現代又一無智者
本世紀的天之驕子
假裝要自殺
叫世界殉葬
世界呢
早就油掉了

一九八七

艾斯克特賽馬紀要

每年
不免要
置身艾斯克特
走動著
啜香檳
坐下來
品味草莓

聽皮而不俏的俏皮話
呆看女人們的帽子
帽子說
早已技窮了
女人不知道
男人不知道
帽子知道
別的，也都
一天天技窮了

一九八八

巴黎俯眺

許多打著傘
在大雨中
行走的人

我們實在
還沒有什麼
值得自誇

一九九〇

茴香樹

高大茴香樹
傘形黃花
墓地芬芳悶熱
弗雷德利克少爺
不再到海上去了

一九八九

Faro

果香花香廣場一片憨孌夕陽
緞滑薰風裹送陣陣晚禱鐘聲
人是五彩幽靈，說話輕似寂靜
凱爾特、條頓、摩爾族之調色板

餐桌位於葡萄架下，舉手可摘
海鮮湯後，烤劍魚，我又受難了

此國的廚師個個慷慨揮霍鹽
我不能靠甜食過日子，唳鹹哪

夜十時，小鎮Faro絲絲入睡
一切安善，沒有誰放浪形骸
路畔橘果墜地而裂，整夜芬芳
可惜葡萄牙人的舌頭非我族類

一九八七

寄回波爾多

我不偏愛沙拉
除甜瓜外
也不嗜好其他水果
父親不喜歡一切醬汁
我喜歡
若就品種而言
沒有食物不適於我

新月也罷
滿月也罷
秋也罷春也罷
對我的胃納無影響
拿小蘿蔔來說
很合口味
繼之發覺不易消化
現在又比較好些了
我都是這樣在輪換
白葡萄酒紅葡萄酒
再回到白葡萄酒
我特別貪吃魚
忌諱魚和肉混淆

吃魚的日子不吃肉
我認為是良心問題

《蒙田隨筆》第三卷第十三章〈論經驗〉中有一節寫得如此傖鄙直率，令人莞爾慨允別有奇趣，試加分行斷句，措置而得以上一首，蓋東方之恬淡，欲辨已忘言，而西方之恬淡，忘言猶欲辨也，是詩之可念，殆古今詩藪中之最乏味者哉，中國晚明小品諸家亦將瞠乎其所以，故存之，有待頑仙之儔取樂耳。巴斯卡（Pascal）曰：「蒙田涉己多煩言。」近人中唯知堂耽此道，惜其未必解詩。

一九八八

喬治亞州小鎮之秋

那年秋天
一段歡樂時光
周圍農村收成好
菸草價格
市場上堅挺不墜
炎炎長夏過後
最初的涼爽

使人鬆快得
直想去做件大事
路面塵土飛揚
路邊菊花金黃
甘蔗熟了
透出尊嚴紫紅
每天清早客車來
帶小孩去學校
假日在松林裡
他們合夥獵狐狸
家院的繩索上
晾滿被褥冬衣
白薯攤了一地

乾草堆得高又高
暮色蒼茫
屋舍間炊煙裊裊
橘色的月亮扁而大
頭幾個寒意夜
靜得不能更靜
以前的秋天
好像沒有這樣靜的

一九八九

即景

夏日向晚
海灘人散了
駕車上路
靠出車窗外的
赭黑壯實的肘臂
驃悍　恬靜
逆夕陽而馳

髣髴猶在眼前

一九八九

在雅爾塔

這樣的長談，只有
赫爾岑與屠格涅夫
青春歲月中才會有的
那光景，人們徹夜不寐
談美，永恆，崇高的藝術

生活的道路太不同

萍水相逢，匆匆分手
這位尊貴的朋友過於拘謹
啊，那個夜晚，由於年輕
誠不知矜持為何物

在最昂貴的餐館晚宴
席間才談一兩句
便有相見恨晚之感
我們並坐著
喝阿布芬久爾索香檳

走上涼臺
談俄羅斯散文與詩的衰落

步下臺階
那是旅館的大院
我們不覺已到了海濱街

時已夜深
一路闃無行人
臨岸相對憩坐
鋼索的焦油味
黑海特有的清爽氣息

普希金，萊蒙托夫
丘特切夫，費特，邁可夫
他還朗誦邁可夫的詩

「我去巖洞等你
在那約定的時辰」

他赴美國之前
我們曾多次會面
總不及初相識的那回
海灘，整整談了一夜
他摟住我：我們將終生為友

蒲寧在雅爾塔結識拉赫馬尼諾夫

一九八九

俄國九月

沿途所遇大車都運載傢具雜物
九月的雨剛過，果園間小巷泥濘
樹葉全枯黃，凋疲景象要持續到來春
飲料鋪子緊閉店門，全然病廢似的
濱海別墅，巉岩上的小屋百葉窗放下
剩落豔紅的野葡萄藤纏繞灰白的柱子

火車班次減少，到站離站汽笛長鳴
空氣潔淨，傳得遠而又遠像是回聲
果園間火車隆隆的軌音也消逝之後
萬籟俱寂，踏著枕木走去，呼吸均勻
涼爽的秋風輕靈甘媚，要是留在這裡
每夜聽黑暗中翻騰的大海波濤聲

一九八九

阿爾卑斯山的陽光面

早晨，滑雪
山間小溪釣魚
下午，海濱游泳
葡萄園勞作，飲酒
每個村莊有一座教堂
靜靜的巴洛克尖頂
客棧，小學，墳場

野花開遍斜坡山谷
卡穆尼克對面層巒起伏
是奧地利嗎，是奧地利
大山羊頸掛鈴鐺，領頭
小山羊不好好走跳跳蹦蹦
沒多時已登上了帕尼瓦峰
消失在淡青的雲霧中
紅，白，紫，黃
斯拉維尼亞到處是花
矮矮的小杜鵑最興奮
恣肆占有坡地
卡穆尼克的 Saddle
山頭上坐滿了人

捧著啤酒，咖啡
跳波卡舞的不僅是青年
在南美擔心被搶被偷
匈牙利、布達佩斯真的老了
布拉格遊客多得莫名其妙
唯這斯拉維尼亞
文雅的鄉土
純正的鄉土味
原來只有鄉土味才是文雅的

一九八九

大衛
交給伶長
用絲弦的樂器

莫倚偎我
我習於冷
志於成冰
莫倚偎我

別走近我
我正升焰
萬木俱焚
別走近我

來擁抱我
我自溫馨
自全清涼
來擁抱我

請扶持我
我已衰老
已如病獸

請扶持我

你等待我
我逝彼臨
彼一如我
彼一如我

一九九〇

南歐速寫

N雄威的眉宇間
出現不相稱的羞澀
每次都恰如其分

名城豪奢大街
穿著樸實得像個山民
難掩M的一身宮廷氣

我常遺忘物件
A收存著，見面就交給我
似乎喜事連連

誠懇，頑皮，L呀
常把真摯的表情弄成鬼臉
迸出火辣辣的豔

至今我還不明B是什麼
靜久了，餓了
會走來喝湯的白石雕像

凡事細心，虔誠
一派中古風情，W
抵押給現代的悠悠人質

近月以來，H勤奮
顧盼生姿，不知何故
心情太好是不好的

諒必在寂寞
只能由E去寂寞
我已寂寞過了

一九八八

俄國紀事

I

普希金逝世百年祭
我十歲，十一歲
知道這輩子要
不停地去喜歡他那
有頰髭的自畫像了

II

頌讚新鮮薔薇的
屠格涅夫在法國
天才地置一幢別墅
他那大鬍子老友
就吃虧在缺這項天才

III

退離舞會
兀立冷風中
馬車還沒來

我是在借火點菸時
認識萊蒙托夫的

Ⅳ

算葉賽寧最漂亮
愛田園，愛革命
更愛他本人
自戀原也不壞
他犯了自戀的情殺案

一九八七

夜宿伯萊特公爵府邸有感

那年春天
我在公爵家賓房的床上清早甦醒
僕人悄步趨近
——請問閣下，要喝茶，還是咖啡
茶
——哈布萊，阿薩姆
阿薩姆

——加牛奶，奶油，果汁
牛奶
——要查爾森種，哈薩種，還是紐西蘭查爾森的
不，哈薩吧

我記得那年春天在公爵家
早上喝了一杯不稱心的茶
那杯子精緻得未免太粗俗

一九八七

致H・海涅

恩是動盪的
雠也在動盪
愛情之船
滿甲板俊遒水手
從來沒有羅盤
沒有船長
一天無名的星象

哦，當你執著羅盤
抬頭善觀星象
儼然是位英明船長
那時，那時
你已不在愛情的船上

一九八八

參徐照句

與君初相識
便欲肺腑傾
只擬君肺腑
一我相似生
徘徊幾言笑
始悟非實真
餘情不可收

悔思淚沾襟

妾薄命　南宋徐照

初與君相知
便欲肺腸傾
只擬君肺腸
與妾相似生
徘徊幾言笑
始悟非真情
妾情不可收
悔思淚盈盈

一九八八

點

夏日林中
那雀子
叫得劇烈
出了大事似的

午後
一匹奇異的鳥

在葉叢狂吠
是什麼大事臨頭

沒什麼
沒事
牠已飛去
寂靜成為謬誤

一九八七

中古一景

這城堡
那城堡
王公貴族每月大搬家
換換空氣，換換情調
另外的原因
說來不妙

幾百男女
晝夜宴樂
數名婢僕怎及清除
一個月下來
臭了，蛆了
只好騎馬登車而去

一九八七

無魚之奠

那麼古昔的愛琴海
也平靜，如微風之湖
抑當初猶醒，而今眠去
過時的祥瑞總是襤褸
亞歷山大小鎮接鄰土耳其
諸神仳離，諸神夭亡
唯海鮮館遊人如織

其貌不揚的侍者惺忪地說
來個牛油龍蝦吧
魚賣完了（是，完了）

一九八八

咖啡評傳

摩卡
阿拉伯產
王者相
酸，奇濃

吉力馬札羅
坦桑尼亞來

香而酸
兼摩卡、哥倫比亞之妙

藍山
出西印度牙買加
涵甜
珠圓兮玉潤

可拿
夏威夷提供
亦酸
野性似瓜地馬拉

哥倫比亞
南美神品
甘，成熟
若鬚眉之鬱勃

曼特寧
印尼貨
苦
滑如緞撫

哥斯大黎加
中美洲之珍
略酸，雅

宜作配角

薩爾瓦多
中美洲
高地產尤佳
善與別類融洽

墨西哥
古國遺澤
醇，芳
烈日，風急天高

（余志茶

時就咖啡
獨鍾清清
散情於郁郁）

一九八八

愛斯基摩蒙難記

愛斯基摩婦女們
手執木棍
把住處的風趕出去

男人舉槍
射殺風
邪鬼惡靈是乘風而來的

快快逃離愛斯基摩
自知什麼都不像
平生就只像風

一九八八

致霍拉旭

霍拉旭呵
床笫間的事物
不只是哲學家所夢想得到的那一些

一九八九

曠野一棵樹

漸老
漸如枯枝
晴空下
杈枒纖繁成暈
後面藍天
其實就是死
晴著

藍著
枯枝才清晰
遠望迷迷濛濛
灰而起紫暈
一棵
冬之樹
別的樹上有鳥巢
黃絲帶，斷線風箏
我
沒有

一九八九

某次夜譚的末了幾句

是呀
福克納先生
何必呢
何必一定要
使白菜歡天
蘿蔔喜地呢

一九八九

中古構圖

那時候
渡船
是中立地帶
仇家廝殺
到船上
就得住手
被追者

站在船首
追者
站在船尾
船主居間
監視
（簡直像
為了構圖）
橋
也是神聖的
禁止橋上格鬥

一九八九

夏誤

馬賽
炎熱郊區
年輕人
漫步
愈想愈覺得
自己
是個天才
郊區

炎熱
悠曼汽笛
愚蠢的港口
後來
理髮店了
紅白藍
旋轉
汗
蒼蠅
馬賽
完全不該
在馬賽

一九八九

阿里山之夜

我能喚出
寂靜的乳名
卻又無言
因恐驚逸寂靜

一九四八

戀史

木屋

夜而愛

而狂

風

濤聲

酣眠

早茶
午餐
晚酒

鷗鳴不已
雲飄移
呵欠

某翌晨
悄悄
一個走了

傍晚
另一個
隨浪而去

幾年後
背包
沙灘徘徊

沒木屋
這裡
是的

海風冷

無益

回

纖月

夜復夜

圓月

一九八七

古拉格軼事

蒼白的
歐洲二月天
波羅的海
突出的
狹窄陣地
我軍
包圍德軍

抑被
德軍包圍
各方意見不一
某日
我
被逮捕了

司令官傳我
入指揮部
要我繳出槍械
那角落的
扈從隨員中
竄出兩個人

四隻手一齊
抓我帽徽
肩帶腰帶
地圖篋
同時
歌劇似的喊道
你被逮捕了

一九八八

骰子論

宇宙
合理莊嚴
均衡偉美

因為
上帝
不擲骰子

上帝
即骰子
祂被擲了

一九八七

貢院秋思

黃石橋邊水波寒
漁父看厭敬亭山
羞將俚歌道哀樂
慚有閒情逐鷗雁
遺襪惹來人濟濟
挂劍飄去影冉冉
迴看社廟斜陽裡

金人肩頭噪暮蟬

一九四九

科隆之驚

西方式微兮
猶可比誰衰落得慢
慢得有模有樣
（東方墮落
墮落沒有什麼好比）
漫遊南北歐
置身於這個慢度中

客席幽靈總是暗笑
歌劇院的吸菸室
奶酪的霉隙
燈芯絨的細球間
吃吃暗笑不止
品賞這個隨處可見的
公共隱私，慢度哪
（賽似某布拉格男子
尤喜逆論之種種輕）
昨晚行近科隆
大教堂澒洞發難
全城鐘聲浩瀚齊鳴
痛揭了公共的

諱莫如深的亙古隱私
所幸者，已不再愍懃
都靈街頭見人鞭撻駿馬
不再抱住馬頸哭了

一九八九

Harold II

總是這樣的
羅馬並非整個兒羅馬
西班牙多半不西班牙
也總歸是這樣的
陽光慷慨無度
天空藍得忘其所以
紅酒廉價而毋傷自尊

坐一會兒，躺一會兒
謙謙的步履走出大片傲慢來
證明人不是機器
在卡達隆尼亞，尤其巴塞隆納
售貨員、侍應生、銀行職員
忙忙碌碌不舍晝夜
他們工作得才氣橫溢
唯南部安達路西亞差堪淹留
橄欖樹橄欖樹橄欖樹橄欖樹
鬥牛場上還有個譜兒有個款兒
佛朗明哥舞，那要看誰跳
激情是一項天才，怎會招之即來
你得到的是白牆反耀日光

盆花列掛在簷口窗畔
陽臺皆花，中庭皆花
有花就有綴邊的裙
有裙就有六弦琴
纏綿無過於懶漢的孜孜勾引
愛是愛的，不欲太費心
世紀末無煙工業的症候群
平民得志匆匆行樂的苟且行徑
凡矜貴的，普遭褻瀆了
剩下鬥牛的圖案，唐吉訶德的圖案
文化更年期的怔忡眼神
火車上，西班牙人將垃圾拋出窗外
法國人勸阻，西班牙人反唇相告

教導法國人怎樣扔垃圾
才不致被疾風颷轉來
喀麥隆的留學生抱怨假日多
花了學費實在有點冤
假日一經法定就不會取消
當三百六十五個排滿
舉世皆哈羅爾德了
人間該有一處西班牙那樣的地方
天然放浪，散漫若有神助
響板、大裙、吉他、紅酒
男多嘴女饒舌，打鼓似的捲抖音
誰家的佐酒零食味道好，門口就排長龍
西班牙人妙就妙在有這點小心眼兒

哈羅爾德重來徜徉，遲遲不去
歷史，可不是男子漢的決鬥年表嗎
陽光慷慨，吉他纏綿，紅酒低廉
醉意濃時哈羅爾德說
男子漢的小心眼兒競賽，便是歷史

一九九〇

春舲

迎面風來
耳朵嗯嗯響
秧田淌滿清水
遠楊柳
暈著淡綠粉
近的絲條垂下
發鵝黃的光

從沒見過似的
母親，姊姊
今年有姑媽
自己出汗的手
都新，軟
檀香皂的氣味
那麼一大片
聽話的紫雲英
又一片接過去
母親在說
去的時候
不作興的
回來，隨便吃

誰偷酒偷果子了
櫓聲像奶娘
油菜花黃呀
比紫雲英兇
土地廟，火柴匣
不是望去小
到近了也小
過橋洞，莫作聲
水底下還有橋
聽到人聲它要浮上來
阿九每次都關照
阿九搖櫓
小寶撐篙

又咳又笑
說了河岸上
拎包的女人
討挨罵
沒罵
船兩邊晃
大家都晃
朱漆條箱肅靜
祭祖的三牲
糕糰水果
端端正正排著
光裸的雞
強硬和善地跪著

姑媽繡鞋
黑緞一枝梅
表哥不是不想來
他家也上墳
二表哥最火灼灼
烏眉往下壓
眼頂上去
說話嘴不動
他壞
對別人壞
這些事　許多
不告訴姊姊
早上嫌旗袍緊

換裙襖
常穿背帶工裝褲
陰丹士林布
她總是藍
藍邊瓷盤中
魚身上
蓋著蔥，筍絲
很舒服的樣子
春假三天
連星期日四天
兩天去了
馬夫賭咒說
明朝一定

一定產駒子

一九八七

還值一個彌撒嗎

我是世俗的
狼竄般脫越
笑語喧騰的修道院
挨在這裡，細雨
鴉雀無聲的凱旋門下
剔除煙斗的積垢
說老未老，說傻不傻

嘉年華如數告罄
巴黎現在也
窮得喜歡擺闊了
公社一百春秋祭
面對死者，生者只可素靜
旅遊氣，什麼都旅遊氣
埃菲爾的外孫買了尊小鐵塔
噫，這個巴黎
再慵賴，離十九世紀近
別處更遠更薄倖
從前的人，多認真
認真勾引，認真失身
峰迴路轉地頹廢

塞納河那邊，那扇窗
居斯達夫・福樓拜家的燈
即使亮到現在
這筆電費我也付得起
波蘭嬌客琴罷一瞥
手套帳單，馬車開銷
喉頭感到乾渴
凱許米披巾確實奇貴
樣樣都弄得觸目驚心
上個世紀的人什麼都故意
自己真像渾然無知
巴黎精靈全靠這點神祕
人是神祕一點才有滋味

世俗如我，暗裡
明白得尚算早的
無奈事已闌珊
寶藏的門開著
可知寶已散盡

一九九〇

夜晚的臣妾

世界的記憶
臣妾般扈擁在
書桌四周
亂人心意的夜晚呵

一九九〇

論魚子醬

禮物太精美
受禮者不配
千元美金
買十四盎司魚子醬
街頭餵鴿群

絕筆的心情

日日寫詩
再無什麼可悅
悅溫帶
而春而夏而秋而冬

何其壯麗的
最後的審判
最後會來，審判不來
何其寒傖的
沒有審判的最後

一九九〇

中古對話

騎士呵
你憑青壯
換取薪金
分不到領地
一無產業
老了
何以為生

詩人呀
我們
孬的去農商
當傭兵，賣命
出色的
請看
都進了綠林

一九九〇

老橋

Pontevedra

這裡有
另一種時間
六百歲的石城
整飭　清淨
每隔幾條街

小廣場
四周石屋
靜
噴泉
石雕大十架
頂端站著天使
或愁容聖者

非洲人
阿拉伯人
地毯　皮件
石板鋪成的窄街
賣和買

都懶洋洋
漫不經心地認真

黑衣矮胖婦
藍裙胖矮婦
加里西亞方言
聽之若葡萄牙語
五百年前
加里西亞人說的
就是葡萄牙語

螃蟹　梭形蟹
蝦　蝦蛄

穿制服的販子
提起一隻蟹
大如足球
往我懷裡塞
憶昔我來時

滿目漁夫水手
商賈探險家
多熱鬧的港口
我酗酒　逞能
入夜戀愛
晨醒縱欲
賭輸了

逃遁

從此河口泥沙淤塞
Pontevedra 式微了
我鬚髮虬結
背負行囊
十八世紀以前
何止一次
走過這圓拱的老橋
挽著我致命相愛的情人

一九九〇

醉史

殖民時代
美國人栽蘋果樹
為的是釀酒

新英格蘭
四十戶人家的村落
每年醞造三千桶蘋果酒

不知是誰說的
水有害健康
乞丐才喝水

那時
整個美國成天醉醺醺
兒童也不例外
貓和狗都飲酒
火車也飲酒
反正它有軌道哪

一九九〇

在波恩

如果在波恩
在司特拉斯堡
美酒佳肴之後
人背靠定椅背上
雙腕輕擱桌沿
宴會到了這種時候
有的要虐待梨核

有的用拇指食指捻麵包芯
談情說愛的幾個
以果子的殘骸拼湊字母
吝嗇之徒數點吃剩的果核
一一排列在盆邊
像劇作家把龍套角色
置於舞臺深處
疲倦，從我襤褸的心中
泱泱而出的金色的疲倦
這些人的髮頂指尖都淹沒了
波恩，司特拉斯堡
瘋狂大教堂，次第淹沒

一九九〇

紙騎士

喜歡銅管樂隊
安那其原理
牛仔褲
與夫
豔陽薰風中的
舊貨市場

中古地圖
威尼斯幽巷
麝香之腋汗
脹滿欲念的雙股
那夜晚
接連三次一見鍾情

一九九〇

肉體是一部聖經

你是，啊，一架
稀世珍貴的金琴
無數美妙的樂曲
彈奏過，我曾
你如花的青春
我似水的柔情
我倆合而為神

生活是一種飛行
四季是愛的襯景
肉體是一部聖經

二十年後我回來了
仍然是一見傾心
往昔的樂曲又起清音
曲罷你踏上歸家的路程
你又成了飯桌
成了床鋪，成了矮凳
誰也不知那倚著的
躺著的，坐著的
是一架稀世珍貴的金琴

全家時時抱怨還不如四鄰

久等你再度光臨
這是你從前愛喝的酒
愛吃的魚，愛對的燈
這是波斯的鞋，希臘的枕
這是你貪得無厭的姿勢
靈魂的雪崩，樂極的吞聲
聖經雖已蔫黃
隨處有我的鈐印
切齒痛恨而
切膚痛惜的才是情人

一九九三

風箏們

那些個
年輕時分
信誓旦旦
後來
兜底出賣了我的
才貌雙全的叛徒喲
今夜

我真想說
即使爾曹一路忠貞
也早已為我所拋棄

一九九四

輯二

一些波斯詩

阿皮爾・卡爾（Abil Khayer）

先生，如果我喝醉了，如果我
耽於酒和愛的混沌處，請勿見責
當我與敵人對坐，我是清醒的
我忘懷自己時，是和朋友在一起

我說，你的美究竟屬於誰
他說，只有我一個存在，故屬於我
愛者，被愛者，愛，都是一個
美，鏡子，眼睛也都是一個，就是我

峨默・伽亞摩（Umar Khaygãm）

樹蔭下，一壺酒
一塊麵包，一卷詩
你倚偎著我歌唱
荒野就是天國了

有人委身於塊塊金幣
有人將金幣揮霍如雨
他們，被埋葬又掘起
都成了黃黃的爛泥

當我年輕的時候
也曾叩訪過博士和聖賢
恭聆有關人生的偉大爭辯
出來的門與進去的同是一扇

某日黃昏，我在市場逡巡
看見陶匠起勁捶塑泥人
那不成形的嘴巴似有嗚咽

輕點，兄弟，慢點呀，請您

你可知道，我的好友
房中的婚宴拖得如此之久
我急於將瘠老的理性自床邊趕走
好把葡萄的女兒入懷緊摟

這個老大的覆碗我們稱之為天空
我們匍匐其下，直到銷蝕無蹤
莫要伸手向它求助，莫要
它滾動，與你我一樣無所適從

魯米（Rumi）

啊，我不知道自己，如何是好
我不拜十架，不拜新月
家不在海中，不在陸上
我不與天使為伴不與魔鬼為鄰
我的身體不是塵土和水造的
我不生於中國不生於賽辛，保爾加爾

我不長於印度也不長於伊拉，柯拉桑
我不從伊甸園掉落，也非亞當苗裔
啊，盡端之外，有路影的太空

我飛越靈魂和肉體，活潑潑地
住在我所愛的那人的心中

哈菲茲（Hafiz）

拿酒來
酒染我的長袍
我為愛而醉
人卻稱我為智者

宴會終，夜已深
酒店的門大開了
眾人低頭走出去

與外面的什麼相遇呢

歡迎啊，青鳥
有什麼消息
好友在哪裡
去找他的路怎樣走

緬懷中古波斯的文學黃金期，述錄一己少年時成誦的詩，記憶未必忠實於我，我更未必忠實於原作，遷訛致罪，詩國法庭涉訟，華美的被告席是我所樂於站一站的，遠遠望去，朱髹的欄杆上飄著紙條：油漆未乾。

金髮・佛羅倫斯人

從拉文納到威尼斯
約三天行程
一邊跋山涉水
一邊運籌劃策
對手陰險，毒辣
唯利是圖別無所知
算來只能讓步了

換取和平以縮小犧牲

到得威尼斯
哪有心情泛舟
談判刻不容緩
討價還價，休會，等待
照例是頻繁的外交活動

煩躁
神思恍惚
種種幻想糾纏
人坐在會議廳的椅上
瘧疾，體溫升高

試圖像過去那樣，用智慧
克敵制勝，完成使命
這次就再也無能為力了麼
吁，回佛羅倫斯有多美
早已毫無指望

高燒中挨過一夜
揩乾周身的膩汗
啟程歸返
駛越馬拉莫科港、貝勒特里港
船顛簸
狹長的陸地可愛如伊甸園
又彷彿一片荒塚圮塋

遠處，帆影點點
基奧賈的漁業

到基奧賈不得不改乘馬匹
心力交瘁
要多麼強的意志才能支撐
懷舊的情思使人繇軟
此次卻只許純剛

投宿洛萊奧
熱度不退
冷汗淋漓
虛脫

翌日渡河
木筏上有人也有牲畜
夕陽西下時終於望見
蓬波薩修道院
鐘樓的瓷磚陶瓦璀璨呵
教堂的窗櫺欄杆分外雅緻
不受瘴嵐侵襲
開墾了菜園，種植樹木
將寺院籠在綠蔭中
周圍沼澤
雷雨季節的九月份
禽類產卵孵化，遍地碎蛋殼

蚊蚋聚陣，嗡嗡如一支大軍
經過盛產鰻魚的科馬里奧
拉文納的松林顯出來了
還得走一天
才能見到蓋瑪，我的良伴
彼得，雅谷柏，我的孩子
女兒貝亞德

秋山黛綠
松濤洶湧
溪水明澈急湍
空氣中充滿松脂的清香
全然記不起自己是怎樣回來的

平臥著，家人圍在床邊

房內寂靜
外面有探望者竊竊私語
是什麼正在臨近
和平正在臨近
佛羅倫斯啊
離家最近的聖馬丁小教堂
聖彼得・斯蓋拉焦教堂
側廊的投影
明月當空的小巷
認出了匆匆趕來的方濟各會修士
說定，葬在教堂後院

依稀是基獨・諾弗羅
公證人，學生們嬌嫩的臉
過去，過去，一陣陣過去
任何敵人和對手都不復存在
亞諾河呀，到達佛羅倫斯之前
多少曲折的流程
還得把《天堂》的最後幾篇
寄去，寄給康格朗

安然，安然
一切安然
黑黨白黨，遠在天邊
貝亞德上前整理衾枕

人們從未見過如此安詳的面容
煥發著青春的神聖光彩
十四日至十五日
九月，一三二一年

本篇即用《*Biondo Era E Bello*》
第二十六章，著者 Mario Tobino

雨後韓波

一次龐德式的迻譯

洪水之後

I

洪水的觀念漸漸淡薄

一隻兔子在驢食草和鈴鐺花之間停步
站起來，從蜘網下仰對長虹祈禱

寶石隱沒了
花朵卻張目環眺

汙穢的街上
攤頭紛紛擺開
有人對版畫上的海船開槍

在藍鬍子家，鮮血直流
在屠宰場，馬戲團
血注湧，奶水傾瀉

海狸築巢
北方小咖啡館
熱辣辣的瑪札格朗香氣四溢

邸宅霧靄繚繞
許多玻璃窗開著
喪服的稚子凝視不可解的遺像

小鎮廣場
一個孩童揮舞雙臂
雷電交作
鐘塔上的風信雞旋轉不停

某夫人在阿爾卑斯山上放一架大鋼琴
教堂十萬座祭壇前彌撒和初領聖體儀式
進行著

沙漠商隊拔營而去
在白冰與黑夜之間
輝煌大廈破土升起
之後，月神聽到沙漠上豺狼長嗥
果園中踏著木屐唱嘶嗄的牧歌
紫色喬木林，抽芽茁長
神明宣告，春已降臨

池水幽咽無聲
濁浪淹沒林地
黑毯和管風琴
來吧，洪水來吧

因為自從洪水退去之後
寶石深埋，百花盛開
還有女巫在土缽裡吹燃紅炭
彼之所知，我所無知
她是再也不願說給我們聽了

II

是她，死去的女孩
佇立薔薇叢後
亡母款款步下石階
表弟的四輪馬車
小弟（他在印度）
在石竹花燦爛處
面對夕陽
墓地，紫羅蘭
這家的老一輩早已入土
將軍府邸四周黃葉堆積

這是南方
沿著紅土大道匆匆而行
趕到，竟是一家空空的廢旅館
城堡等待出售
百葉窗凋敗零落
神父把教堂鎖了
帶著鑰匙一去不返
花園的衛舍無人影
圍牆這麼高
但聞樹梢蕭蕭
其實也沒有什麼可看的
草坡這樣延伸到小鎮上

雄雞沒了
鐵砧不見，也沒了
河上的閘門空吊著
啊，沙漠，災劫
磨坊，島嶼，草垛

中邪的花喃喃
傾圮的山坡催人入眠
奇麗的獸逡巡相逐
歸於灼熱之淚的那種永恆
造成海濤洶湧
雲氣鬱勃，壁立如山
層層騰高，陣陣遠去

III

予也聖徒
祈禱於高臺
若馴良小獸
醫草
直醫到海灘

予也學士
端坐於靠椅
屋頂柯枝交錯
陰雨
連朝瀟淅

予也大道之行者
水聲淹沒履聲
西岸日落
一片
浣衣的皂沫

予也棄子
被抛於涯涘長堤
哀哀賤奴
匍匐
抬頭額觸蒼天

IV

我的墓穴
士敏土砌的
刷上白堊
於窪地深處

豎肘支頤
燈光照著報紙
真蠢
我把它一讀再讀
在我頭上

猙獰的大都會
煙霧彌漫不散
泥漿紅紅的

在我墓穴周圍
是下水道，四面八方
哦，地球的厚度
除此別無所有

愁苦不時襲來
我想玩玩藍寶石色的金屬球
寂靜空洞由我主宰
拱頂的氣窗又露微明

古意

婉孌呵，牧神之子
花冠覆額
陰影下雙眸耀如寶珠
顴頰沾染棕粉，清峻似削
你的貝齒閃著幽光
你的胸像一架齊特拉琴
有什麼聲音，和諧啊
從你臂彎間流出
看得見你的心在怦怦彈動
小腹中雌雄兩性沉眠未醒

夜來，就輕搖這條右腿
還有左邊的同樣金茸毛的長腿

人生

我是一個發明家
我的功績大異於先輩
就算是位音樂家吧
我的出現也不只是愛的祕密
到如今，天時地利都失盡
紳士落魄，前塵如夢
想當年憑一雙泥靴走去學手藝
還幾度成為文苑法庭上的被告者

鰥居五六次，婚娶三四次
縱若此，我也沒有妥協的襟懷
我有我幽僻的歡樂
說起來也不曾懊悔
我呀，一個極壞的懷疑主義者
就只是以後不再暴露我的懷疑了
我等待，到那天
變成一個萬惡淋漓的瘋子

出行

夠了，色相在空中處處遇合，交媾
夠了，城市喧囂，黃昏，卓午，直到永遠

夠多了，生命停滯，崩斷
新的情愛的音樂響起，再度出行

王權

曉色晴美
有一男一女，狀貌清俊
在廣場上高叫
公民們，我願她成為皇后
我要作女皇
她笑，顫抖，他顫抖，也笑
雙雙倒地不起
事實：這天上午，他倆就是皇帝，皇后

這天上午，家家屋前掛出鮮豔旗子
猩紅的絲幔
這天上午一男一女沿著棕櫚大道
威嚴地向前走去

橋

灰水晶天空
橋與橋結形
長直的橋
拱頂橋
與橋相連的折角斜橋
在河的亮流中交錯

兩岸一座座圓頂教堂下沉了

這許多橋
豎著信號柱
沒有信號標幟
清婉的管音吹起
弦聲從陡峭的河岸飄來

彷彿有紅裳閃過
也許是樂器在移動
粼粼藍灰波紋
寬闊得像蕩漾的海灣

一道白光劈空而下
全體消失，顏色和聲音

輪迹

夏日黎明
庭園右隅的綠蔭
霧，聲音
左坡潮濕的大路
紫影幢幢，輪迹無數

真的，大車載著木雕金漆的異獸
桅桿掛起五彩帆布

由花斑馬拉著疾馳
孌童和莽漢騎坐二十輛大車
旌旗招展，花葉紛披
那種故事裡常講的四輪的富麗馬車

還有烏雲般的華蓋，下有棺材
由許多匹藍色的牝馬牽運
飛快駛入黑夜的帷幕中

黎明

擁抱夏天的黎明，我

宮殿，一切靜止
樹斫倒了，蔭影留駐不去
我喘息著走過
寶石們向我眨眼，鳥翼無聲掠飛

小徑已佈滿蒼苔
這裡第一件大事是花說出了它的名字

我對金髮的 Wasserfall 笑
她在河岸上像乞丐一樣地逃了
大路高處，月桂小林邊
我抓住面紗把她緊緊擁抱
約略感到她胴體碩大

黎明和孩子一起跌倒在樹下
醒來時已正午

花卉

冉冉絲帶
灰瑩瑩輕紗
碧綠天鵝絨
青銅圓盤盛著陽光

我在金階上俯眺
只見那株迪吉塔爾

銀線，清眸，秀鬘
交織成地毯

瑪瑙鑲嵌的斗拱
桃花心木雕柱
支撐起翡翠穹隆
雪一般的緞匹
紅寶石琢出倚欄
圍立在花蕊形的噴泉邊

如神目大張
海天一色間
綻放無數剛健的玫瑰

通俗小夜曲

風來兮，如大歌劇喧譁的裂口
吹得朽蝕的屋頂亂轉
吹散了家庭的界限

踏著石雕怪獸的噴水口
順常春藤而下
我登上一駕四輪馬車
凸面的玻璃窗
緊蒙皮革的廂壁
翹翹的軟座

標明馬車屬於什麼朝代

我長眠其中的靈柩呵
我這類愚蠢的牧人的陰宅呵
在無形的大路上掉頭拐彎
窗上有淡月舒緩變形
木葉森森，橫峰側嶺
黛綠玄靛迴蕩流奔

風來兮
吹散了家庭的界限

冬天的節日

輕歌劇中的小茅舍
瀑布濺濺
懸燈果木林
小溪蜿蜒流過

暮色紅綠繽紛
賀拉斯的水仙
梳上第一帝國時代的髮式
布歇畫的西伯利亞環舞
中國環舞

大都會

奧西昂

蔚藍海岬

紅酒似的天空

漂洗桃色兼橙色的沙灘

花崗石大道

淫亂的窮小子住在路邊

吃蔬菜水果商扔掉的食物

天空扭曲，延伸，坍落

濃霧，黑煙

只有服喪的海洋才這樣
頭盔，車輪，小艇，馬匹
從瀝青的沙漠上，潰不成軍

抬頭望，拱形木橋
撒馬利亞最後的菜園
長夜寒風吹燈
盡是塗彩的假面具
河岸飄過黃裙的小水仙
豌豆圃中閃光的骷髏

那種叫「心和妹妹」的殘忍花卉
Damas damnant de langueur

就是外萊茵地區，日本
拉瓜尼神仙故事中的貴人屬郡
只有他們還能接受古代音樂
還剩些小旅店永遠不開的門
剩些王妃，公主
如果不覺得太吃力
還可研究星象學
對付茫茫天宇

野蠻

經過多少日子，季節
尚有無數的人，國

血肉模糊的旗豎在綢緞般的海面
豎在北極的繁花叢中

別炫耀迂腐的英雄主義
它還撞著我們的腦和心
避開，愈遠愈好
那亙古就有的瞬間謀殺

啊，血肉模糊的旗豎在綢緞般的海面上

甜的鎮定
烈焰灑下陣陣冰霰
澄澈

和平
我們的心為我們在塵世炭化為永恆
我們的心拋擲金剛鑽

啊，世界
至今還聽到古老的欲火的爆裂

潔白浪花，音樂，星雲旋轉，冰山撞擊
啊，鎮定，世界，音樂
尚有形式，汗液，長髮，俊眼
乳色的淚，啊，和平，甘洌
火山深底北極洞窟的女妖絮語

旗……

青春二十歲

廢除一切格言
肉體的變質真可悲
Adogio
啊，青春有說不盡的利己主義
勤勉，好學，樂觀
今年夏季，世界怎麼會有這許多花
曲體和曲式都快死了
合唱，失魂落魄
神經老是打滑打滑

組不成一支夜旋律

青春 II

沉湎於 Adogio 之誘惑你依然如故
濃縮的嬉戲是你所熱衷
幼稚，傲慢，邪僻，沮喪，消沉，恐懼

有些苦事你總得去做
完美和諧的建築學可能性在你四周盤桓
許多奇異的未嘗見過的故實將是你的經驗

疇昔的閒散，無為的奢華

也可以成為你的貼身記憶
你的記憶一旦化出感覺便起了造物的衝動

世界麼
假如你離去，遠遠離去
今日之外觀都將蕩然無存

歷史的黃昏

譬如吧
有一天黃昏
心地純樸的流浪者
從我儕所處的經濟恐慌中抽身而出

以大師之手
將那管風琴奏得興高采烈

如茵芳草上的管風琴
池塘深底的玩牌戲
聖母，戴面紗的修女
還有一位和諧之子
還有夕陽
唯傳說才可能的詭譎雲霞

獵人和馬隊呼嘯而過
黃昏顫慄不已
露天舞臺上

劇情一滴一滴，滴下來
窮人和弱者，困惑於
愚蠢的七個層次間

德意志按照自身的見識
築起通向月球的木梯
韃靼人將沙漠煥發虹彩
古代的叛亂位於華夏中心
憑藉鳳墀和龍椅
一個小心的平庸的世界成立了
此乃阿非利加和歐羅巴是也
之後，一場海洋和黑夜的可知的芭蕾
還有無價值的化學

崩潰的旋律

不論在哪裡
郵車能帶給我的
全是布爾喬亞的妖術
人的這種氛圍
連最蹩腳的藥劑師也認為不堪忍受
這種物質的肉體的瘴氣
想一想，就一陣劇痛

不，不
窒熱的氣候，海洋乾涸
大地竄湧，行星撞擊

這一切究竟何時發生
聖經和命運女神都諱莫如深
哦哦
真沒有留下什麼後果

H

任何奇形怪狀皆有悖於Hortense的殘忍氣度
孤獨是性欲的機制
慵懶是情愛的活力
在童年的監護下
她是有史以來眾多類族所盛讚的衛生之道
大門向災難開

道德宣告解體，恣肆成其行為
哎，鮮血滿地
煤氣燈照著
不熟練的貪歡陣陣顫慄
去找，找 Hortense 去

守護神

他是戀情
他是今天
他把房門開向
雨雪淋漓的嚴冬

火焰喧豗的酷暑
他吞食並淨化酒和肴漿
他是情好
他是未來，力，愛
兀兀於怒氣和愁思中
漫天風暴，倒偃的旗

他是度量
他是節奏
他是不可逆料的理
他永恆，受人推戴
其姿質若命運定奪之機械
他的特許，我們的禮讓

他，他迷，他貪生命而癡眷我們

我們呼喚，他遠引天陲
他噓氣成雲
他有無數好頭顱
他自決航程
形骸與舉動之完美
完美有不可思議之速率

新暴力，俊爽閒雅之潰瘍
啊，他和我們，輕狂
此失去已久的仁慈更寬宏的桀驁不馴
人世哪，無前例的災劫，暈眩之歌唱

他認識我們所有的人，因為他愛
冬夜，從海岬到海岬，洶湧以襲城堡
從這些方位視角到那些方位視角
氣盡力竭，吆之，眺之，送之
潛於潮浪下，撲於雪原上
群起而追捕他的眼
他的息，他的肉，他的命

一九九一

輯三

思絕

小屋如舟衾似沙
靈芝劫盡枕蘆花
杜宇聲聲歸何處
群玉山頭第一家

一九五六

論白夜

很想
以身試白夜
它使人沮喪
也能使我沮喪麼

時鐘滴答
燈燭明煌

我旁若無白夜
過我的貼身狂歡節

誰願手拉手
向白夜走
誰就是我的情人
純潔美麗的壞人

一九九一

論絕望

裘馬輕狂的絕望
總比篳路藍縷的絕望好

一九九二

旗語

有人蓄意將四月列入最殘忍的季節
而五月曾是我欲望帝國連朝大酺的宴慶
情竇初開五月已許我以慘澹的豔遇
隨後更不怕恩上加恩就像要煮熟我的肉體
我稟性健忘任憑神明的記憶佑護我記憶
以致銘刻的都是詭譎的篆文須用手指撫認
這樣才有一幢陰鬱舊樓坐落在江濱鐵橋邊

江水混濁帆影出沒點蕩長風腥臭而有力
吹送往事遠達童年總是被我怨懟阻止
有什麼少艾呢我憎惡少艾棄捐天貞為時太遲
靜候在門後樓梯的每一級都替我悄然屏息
雕花木扶欄上的積灰會汙了潮潤的手指
不及看清你已入門我一一褫盡你的衣衫
全裸喘息酥融咿唔金銀蛇也似的纏緊了
肩上有陽光唇上有塵土腰背有汗和陣陣彈力
說荷蘭全是鬱金香你卻像步行而來的摩爾人
你又是加橄欖油炒了吃的軟刺的仙人掌
江上的輪船汽笛長鳴悠曼宛如你我過後方知
港口泊滿各國舢艫飄揚五色小旗說的是什麼
不解旗語我們只道風吹獵獵一齊為了美麗

江海關的鐘聲應知情欲是免稅的全球通行的
大都會顳頇輥動我們靈巧掀騰浹骨淪髓
美人魚和半人馬的上身怎抵得過我倆的下肢
五月之槐之楊之柳明年不再綠了似的盡興綠
萬葉都像上釉發亮你的皮膚也是五月的貢品
三月的筋骨四月的韌帶全體肌肉快六月了
多風浪的你胸脯是只淹斃一個泳者的小海小小海
你是我的私家海獨立海大街上湧來湧去的算什麼
去看看夏季的鞋吧那種幾乎把腳全露出來的鞋
網眼白衫最配你故意曬黑了以稱我心意的膚色
吸完這支菸誰又得受盡凌遲鼻尖舌尖都涼矣
菸薄荷味鬚火藥味我是門戶上方紅漆的公羊頭
第一次你多麼慌張我說草垛間的假的那一次

真的一次分明什麼都崩潰了猶如酒窖的坍塌
晨醒並不乏呀朝陽射在你小腹上的群群瞬間
廿五分鐘的雲蒸霞蔚追勝於徹夜的風狂雨驟
我們以舞蹈家的步姿在清亮的大氣中越陌度阡
麥浪起伏芒絲時而疏白時而密黃陣陣鋪向天沿
雲雀飛著叫著叫著飛著從半空斂翅直跌下來
五月的鄉村只要晴朗便是卉木共賀的情侶佳節
坐車覺得車在雲中馳乘船像是船在鏡面滑行
你是乳你是酪是酥是醍醐是飽餐後猛烈的飢餓
在著名的殖民地街上買藍條襯衫闊的狹的都要
帆布軟底鞋捷克的玻璃壺四個同是茶褐色的杯
從此我們見一次面媾一次婚午夜沙灘雨中墓地
命運註定要齧要舐要捼要吞要幽禁要入獄服刑

我始終聽從五月的荒謬啟示性為貴而情愛隨之
在你如蒜如麝如桉葉如蔘菱的體香中我睡得安穩
我變為野蛾撲火飛蝗掠稻那樣放縱貪婪可是真的
想起你盡想起奶暈臍穴腋絲阜茸手指腳趾
粉桃郁李你屬於郁李的一類別以為我混淆了特性
經得起撫弄的愛之尤物慣受我折騰的良善精靈呀
何必追逋往事我們酷似每年的五月一綠全綠
江濱舊樓仍在木欄雕花的積灰仍在三盞燈仍在
水上的汽笛風裡的鐘聲我像三桅大帆般地靠岸了
飄飄旗語只有你看得懂仍是從前的那句血腥傻話
無論蓬戶荊扉都將因你的倚閭而成為我的凱旋門

一九九二

帝俄的七月

石頭，木房，鐵皮屋頂
一夜後沒有涼卻
起風也只颳來熱浪
塵土，惡臭的油漆味

稀疏幾個行人
揀著街屋的投影走

曬得烏黑的修路農民
把礫塊砸入發燙的沙地中

警察臉色陰沉
未經漂過的白制服
黃繩繫手槍，站著
不時替換兩隻腳
公共馬車響鈴鐺
朝陽的一面掛窗簾
馬戴布頭罩
留兩個缺口矗出耳朵

流刑犯長長的隊伍

剃盡頭髮，薄餅般的帽子
鐵鐐，舉步艱難
一手扶背包一手甩來甩去

一九九二

冬旅新英格蘭

湖水是我的保姆
她的圍裙是縐邊的

野鴨游過來說
住在紐約就是錯

我說我怕感冒

野鴨說感冒不怕你嗎
她的圍裙是綢邊的
湖水是我的保姆

一九九二

湖畔詩人

燭光
湖水
草尖上的天
馬嘶
野燒的煙味
這是我呀
都被分散了的

一焰我
一粼我
一片我
一陣我
一縷我
散得不成我
無法安葬了

一九九二

庫茲明斯科一夜

空氣燠暖，嫩樺葉散香
黑暗花園中磨坊水聲潺潺
夜鶯，另一隻什麼鳥也叫
遠處幾個窗戶燈光全熄
圓月從穀倉後升上升上
天頂有閃電，照亮盛開繁花
園內卉木蔥蘢，正房是破敗的

磨坊流水聲，嘎嘎鵝鳴
雞也啼，雷雨之夜常這樣
烏雲密集，悶雷輥動
風到這時候才狂吹起來
樹葉陣陣呼號，一顆雨點
許多雨點打在牛蒡和鐵皮屋頂上

一九九三

琴師和海鷗

鐵路橋上
盲琴師買卜
一只箱
一隻海鷗
牠替他啣籤書
我將手伸入衣袋

又改了主意
四周圍滿人
我停下來
摸出五茲羅提的紙幣

對誰也不看
把錢給了盲琴師
海鷗閃電般
從箱底叨出紙片
我收下，若無其事

要提防朋友
籤書這樣說

當心穿堂風
籤書還這樣說
我為五茲羅提鈔票惋惜

第二天起身
面浮腫
由於睡熟時著了風寒
引起骨膜炎
朋友呢，也從此不敢相信

一九九三

維斯瓦河邊

凍結的暗藍淺灘
沿岸冰凌堆疊起來
坐於圓木上，圓木濕漉漉
陽光照著逐漸乾燥

席曼諾夫斯基練習曲
昨夜和瑪麗亞共聆

知道，愛情已經結束
像塊蛋糕，溫度過高而焦了

波托茨克宮對面教堂旁邊
工匠們在削擊鋪人行道的石板
鐵鑿的尖刀映著夕陽閃光
工頭指點這個又幫一下那個

一九九三

達累斯薩拉姆海港

夜晚這樣人們湧到大街上
走呀走呀像一隻腳跟著一隻腳
印度男子用肥胖來穿白色套服
花花綠綠妻姨女兒手牽著手
吸一點都為了夜晚的夜晚空氣
海風陣陣吹，古而又老這地方
不說建築我指的是這塊地方

羅馬人還未想到把倫敦造成倫敦
來來往往就有船舶許多了這裡
呵海港，海港覺得我真好的海港
燈光從船上照下很亮的水面很大
可看見天黑後棕櫚樹過去棕櫚樹
有一種氣味了——三年了那是
怪怪的郁郁的一種氣味的夜的氣味
三時凌晨要聞即使也聞得到它
子夜就如正午的家鄉熱的那樣熱
不久要我走了，喬賽亞走在之前
想又不想地我想對人以後我會說
喬賽亞同居過慢慢三年，三年強
達累斯薩拉姆第二年尤其的海港呀

聞了三年一種那說是說不明白的氣味

一九九四

琥珀號

列車日記之一

車窗外景色逶迤如白練
初雪覆蓋田野和小樹林
波羅的海卻下著暖洋洋的雨
再一百公里就是莫斯科了

一九九四

英國

在鄉野
圓月
耀眼地亮

月光下
草坡上的羊
稍稍靠攏著

我問
大雷雨，羊呢
都沒回答

英國人愛馬
我愛馬也愛羊
綠茵上的白點點

昨晚大雷雨
四野閃電
想念李爾王

羊和李爾王
在雷雨中叫
叫了很久

丘陵橫亙
蒼翠寧靜
無過，也宜思過

陰陰的天
橡樹王國
壯志未酬似的景色

一九九四

布拉格

過查理士橋
布拉格城了
異樣安詳靜穆
偶有水晶的清音
中古史於此凝噎
唯我緩步移越
我還不是歷史

擘一點布拉格
捺入我的煙斗
與事無損的
布拉格之燃燒

一九九四

以雲為名的孩子

四月四月想起你
時時路遇櫻花

從前，每日櫻花下
談幾句，就散

你嬲我一宵

閃避我七天

七天後，你
若無其事地泥上來

櫻花盛開即謝
你的事，總這樣
四十六年逝去
你若記得，也不是愛

自己太傻
不在乎別人

偏偏是你的薄情
使我回味無盡

一九九四

論悲傷

我時常悲傷地
去做一件快樂的事

悲傷是重量
我怎樣也輕不起來

雅典山頭

大堆目眩神馳的悲傷

現代人，算了
引不起我半點悲傷

一九九四

論命運

神，人
皆受命運支配
古希臘知之
予亦知之
半個世紀以來
我急，命運不急
這是命運的脾氣

而今，眼看命運急了
我，不急
這是我的脾氣

一九九四

論陶瓷

願得
陶一般的情人

願有
瓷一般的友人

一九九四

論快樂

鳥，一生是快樂的
因為我覺得鳥的
一生是快樂的
那麼我的一生也
有像鳥的時候
快樂過了，過了
我還會再快樂的

鳥也沒有這樣快樂的

一九九四

論幸福

屋外暴風雪
臥房，爐火糖粥
暴風雪，糖粥
因為一個我
所有的幸福

全是這樣得來的

一九九四

論物

遲暮襟懷
亦唯將對人的愛
移轉為接物待物
日久愈明物之怡情
尤勝於人之恣欲
噫，諸物誠慤
除非它遭劫毀滅

毀滅的前一瞬間
它猶不動聲色地匿從我
給它一個適當的位置
它便神采煥發
把它換到更恰如其分處
它越顯得雍雍穆穆
髣髴要頓首再拜了

拂拭護恤我周圍之諸物
是我遲暮的情愛生涯
園中樹木扶疏花卉爛漫
乃區區之婚外豔史耳
諡曰：「婚外多情人」

須知室內的傢具、飾物
皆若有締約盟誓然
舉家恪守清貞烈操
但凡傖俗狼抗的阿物兒
驅之務盡而後快
嗟夫，盜有道兮物有心
秉盜道以入物心，已矣
物壽恒長乎人壽
予遺慈悲於物而不復及於人

一九九六

後德里斯坦

已到了愛物不愛人的時候
偶有如物之人，勾留數日
在廢圮的燈塔中縱欲逞歡
狂亂的絕叫蓋過陰沉海面
崇高而無恥，衝破宇宙的虛空
兩具矯健的屍體隨風而碎

一九九五

葉綠素

樹葉到了秋天
知道敵不過寒冷風雪
便將綠素還給樹身
飄然墜地，這些儲存的綠素
是葉子的精魂
明年要用的綠的血液

一九九四

金色仳離

我喜歡
沒有意義的事物
我的情人
就這樣
不許有什麼名稱
來妨礙我倆的愛

明淨仳離
就這樣
記憶中的情人
仍然沒有意義
和那些不具意義的
驕豔的事物在一起

一九九五

號聲

夕陽西下
兵營的號聲
軍號不悲涼
每聞心起悲涼
童年，背書包
放學回家的路上

夕陽斜照兵營
一隻號吹著

二姊死後
家裡沒有人似的

老年，移民美國
電視中的夕陽，號聲

號聲仍然說
世上沒有人似的

一九九五

萊茵河

童年的課本上讀到
「父萊茵，母伏爾加」
感動得要翻船似的
噢，父性的萊茵河
發於瑞士，抵荷蘭才出海
經過德國的是最好的一段
德國人沿著河岸兩百里

修建了散步專用的便道
沒有一幢房屋阻礙視線
日耳曼式的驕傲
「萊茵河是不賣的」
貝多芬老了，坐在河畔觀落日
四重奏第二樂章玄之又玄
那是慢板，茫茫無著落的慈愛

一九九五

香歌

香料用於盥洗是在十字軍時代
遠征到香料之邦伊斯蘭國度
帶回愛物獻給朝思暮想的情婦
玫瑰香水洗手後用餐便是玫瑰人生
第一瓶酒精香水屬匈牙利女王
西班牙終於趕走摩爾人扣留了香精
意大利從威尼斯引進東方的異馨

不久修道院都裝上蒸餾器提取花芬
佛羅倫斯的林芮大師移民法國
兌換橋上賣香水盛況延至一七五六年
龐帕度夫人是香水業的金銀靠山
拿破崙在埃及入浴要加古龍水
唯有我只喜歡飄忽不定的幽芳
瓶裝的，人身上的香味傖俗可恥

一九九五

蠶歌

憶兒時春來養蠶
蠶蠶而不蠶於蠶的樣子
我家富閒，養蠶以明志耳
每年使我驚喜、亢奮、迷茫
長日靜穆無聊賴的家
有了這件闔第誠惶誠恐的事
洗蠶箔，紮蠶簇，滿宅桑葉清香

齧聲沙沙如深夜荷塘密雨
初眠，二眠，第四次叫大眠
作繭成蛹、化蛾，破繭而復活
採繭，繅絲，慶典似的喜氣洋洋
那麼一切要等明年了
小孩子是不知道等待的
只知道石榴花開暑假到來

一九九五

Key West

熱帶陽光
十月下午
我來白頭街
Key West 小鎮
海明威的家
兩層，平頂，多窗
黑漆鑄鐵欄杆

草木肥碩森綠
風吹不動
他的文體簡潔壓
力與寂寞
他想到哪裡去了
生命的劇情在於弱
弱出生命來才是強

一九九五

奧地利

哈福堡皇宮、瑞士官邸
阿瑪里府第，斯塔爾堡
靜態的維也納，默默輝煌著吧
西班牙馬術學校在動，白色的馬
配著波卡、華爾滋舞曲，馬啊
節奏精準韻律十足，這些馬啊
我也馬一樣地行到主教大教堂街五號

莫札特說他畢生最快樂的時光在這裡
努斯朵夫路五十四號，舒伯特誕生地
貝多芬故居多多，性格即是命運
徐步走，還可途遇海頓、布拉姆斯
奧地利的森林浴，森林夢宜於老人
多瑙河岸邊，擇一高處，獨自
什麼也想不起來地坐看夕陽西下

一九九五

復仇之前

沉重遼闊的俄羅斯之歌
黑衣僧侶獨自唱起來
教堂四周，蘇聯移民們
如中邪著魔，海草般晃動身軀
彼此不復相視，不復相語
這是音樂獨尊男聲獨尊的時刻
唱者玄袍烏髯，下午的教堂

倖存的俄羅斯遍體鱗傷
受盡凌辱的良善忠誠的男女
帶著普希金的詩篇投奔 American
主啊，在復仇之前決不能寬恕
基督的敵人死有餘辜永受咒詛
主啊，在復仇之前決不能寬恕
願這是你的意志而非僅是我的意志

一九九五

五月窗

五月窗，雨
濕黑的樹幹
新綠密葉
予亦整日濕黑
連朝無主地新綠
矜式於外表
心裡年輕得什麼似的

囚徒睡著了就自由
夜夢中個個都年輕
白髮，皺紋，步履遲緩
年輕時也以為一老就全老
而今知道，被我知道了
人身上有一樣是不老的
心，就只年輕時的那顆心

一九九六

腳

別支撐，莫著力
全身覆熨在我胴體上
任我歆享你的重量，淨重
你的津液微甘而荽馨
腋絲間燠熱的啟示錄
胸之溝，無為而隆起的乳粒
纖薄的腰腹卻是遒勁之源泉

再下是豐草長林幽森迷路了
世俗最不濟的想像是美人魚
那是愚劣的，怎可棄捐雙腿
我伏在你大股上，欲海的肉筏呀
小腿鼓鼓然的彈動是一包愛
腳掌和十趾是十二種挑逗
最使我撫吻不捨的是你的腳

一九九六

夏風中

我知道，浮來氽去的
都不是我最後的情人
那最後的一個將會來臨
鄉村歌手彈琴輕輕唱
無知地唱著荒涼的欲望
愛情早已失傳，寶藏空竭
夏日的陣陣清爽的南風啊

我經識過多少戀的成敗
優雅的初戀繼之粗鄙的熱戀
疲倦，哦，卻又怕死貪生
性欲與飢餓日日不召自至
懶洋洋，我坐在木欄上蕩腳
等待最後的情人的到來
真是的，我便能一眼看清

一九九六

擇路

彷彿昨夜歸真返璞
今天做什麼呢
神和理性遠去了
我還在寫
愛和仇恨遠去了
我還在寫
手掌和手指遠去了

我還在寫
只有活著而死亡的朋友
沒有死亡而活著的朋友
我音樂似的想
杜思妥也夫斯基的急匆匆
哈代的慢吞吞
中間也許就是我走的路吧

一九九六

杜唐卡門

啤酒杜唐卡門
埃及法老阿卡納坦之愛物
王后妮菲提蒂的殉葬品
我謇謇求教於阿卡納坦
一種名叫艾瑪的小麥
好容易在土耳其被我找到
帶回英國，種植，幸如願

其中還要摻以胡荽、蔘荽
純陽性潮的臨界衝刺時
耳背、髮腳及頸的兩側
一股新鮮胡荽的烈香妙極了
精竅的歆享，行將失傳
僅存的傳人才配飲杜唐卡門
啤酒中的性啤，王啤

一九九六

泡沫

愛情的類別紛繁
一啟始就完結了的愛情最多
維納斯，那位阿芙洛玳蒂啊
從海洋的泡沫中誕生，清晨
泡沫泡沫，周圍都是泡沫
我一生的遇合離散
抱過吻過的都是泡沫呵

想抱想吻不及抱吻的更多
那是瞬間更短促的泡沫呀
我漸漸疲乏而刻毒了
躺在浴池的荳蔻溫水裡
瑩白的泡沫，愛情的回憶
愛情洗淨了我的體膚
涼涼的清水沖去全身的泡沫

一九九六

晚聲

傍晚，小學生回家了
市聲營營然，我躺在暗室裡
此種氛圍最富人間況味
杭州，二次大戰乍歇
我十九歲，寓居城隍山腳下
考取美術學校要去上海了
得意歸得意，傷心真傷心

失戀，思鄉，久慕的流浪伊始了
乃知流浪並不好，小學生回家好
我喜看炊煙，聞水的腥味，野燒草香
都市中只愛聽日夜不息的市聲
耽耽然，盈盈然，平穩，低沉
與己無關，與己有關，俗世的奏鳴
十九歲的時候已經厭命而貪生

一九九六

拉丁區

巴黎大學前身神學院
拉丁語為主
第五區便叫做拉丁區
三十年代，什麼也沒有
可以過得很好
窮呀，快樂呀
因為年輕得什麼似的

住，住在大主教街
走，走在冷清清的先賢祠廣場
聖米歇爾大道轉角處
那家賣咖啡的
一客奶油蛋糕真新鮮
一杯咖啡由你坐上老半天
現在，噢，麥當勞速食店

一九九六

咆哮

人，從前是有靈魂的
又叫作心，畫出來很好看
大戰後，靈魂猝然失落
先還在問失落了什麼
稍後失落感也迷茫失落了
頭腦披滿長髮，沒有記憶
胴體和四肢裡尚留記憶

歌手們嘶聲嗥叫跳踴
不是頭腦在唱，是什麼呢
是肩和背在唱，手和腳在唱
悲涼，直著嗓門咆哮
這是肩和背的悲涼，腳和手的悲涼
扭擺著，比劃著，無知已極
這是大幅度無知已極的悲涼

一九九六

中國的床帳 I

從前中國人家的內房
檀木床櫃，皮革箱籠
紗錦簾幔，繡滿花蝶的枕被
脂粉瓜果香料藥品
氤氳不散的窒人的氣息
有一張長而闊的矮凳，叫春凳
明說是為白晝交歡之所備

孩子們在春凳上吹門紙馬
廳堂，書齋，掛滿峭刻的格言
澹靜的字畫，供陌生客瞻賞
熟人在內房，暗沉沉，門咿呀響
那憂鬱的床帳是很淫蕩的
羅的，夏布的，帳門可以鉤起放下
即使沒人，帳子已很淫蕩了

一九九六

中國的床帳 II

我少小時睡的床四季都掛著帳子
繡幔，銀鉤，帳門可垂落而嚴閉
帳裡帳外就成了兩個世界天地
這樣的分隔有時是怡靜有時是懊惱
何以怡靜何以懊惱那是深深的祕密
少小時備知況味卻無能與人訴說
於今追思都是荒唐的戲，悲涼的劫

一個人被拉進帳中就成了另一個人
兩個人同入一帳就能化怨為恩
中國的帳子是千古魔障，滅身的陷阱
帳頂似天，簟褥似地，被枕宛如丘陵
長方形的紫禁城，一床一個帝君
誕於斯，哭於斯，作樂於斯，薨於斯
中國的床，陰沉沉，一張床就是一個中國

一九九六

草葉

我這裡的植物太聰明
禍福凶吉它們一一預知
我乃家之主亦家之僕耳
領銜並侍候它們朝朝暮暮
說句悄悄話，我害怕
很害怕它們的無私的枯榮
我自信是個有靈魂的人

我的精神傳不到別人身上
卻投入了這些綠的葉紫的莖
素不蒔花，只種一盆盆的草
凡有客來皆驚訝它們的鬱茂
近乎怪誕的蒼翠欲滴，欲流
啊，此非屈靈均之暗示乎
也真有點惠特曼的不好意思

一九九六

那人如是說

你走後，管家也走了
這裡便成為陰冷死屋
我只取煙斗，有你的手澤
十二年等的是一封信
那天回家忽見有一封信
不料你的人突然雷電般光臨
周身沁著汗，你以淋漓大汗愛我

初春夜，料峭陣風吹響屋角
市聲營營的江濱，那是窗外
為你拭汗，汗又涔涔下
你如此飽滿地虛乏在我脖子上
去時是個浪子，歸來像個聖徒
你信了我吧，不信也沒有時候了

一九九五

它們在下雪

雪就愈下愈大
我是說雪朵的大
從未見過這樣大的雪
像繡球花，飄飄繡球花
不停，盡飄不停
我開了門，直視
雪朵也快樂自己的大

小的也有孩子手掌那麼大
必是好多雪片湊在一起
鬆鬆，虛虛，團團的白
地面屋頂很快就全白了
雪的浩浩蕩蕩的快樂
我的快樂就比不上
雪是飄的，我呆站著

一九九六

醍醐

你在愛了
我怎會不知
這點點愛
只能逗引我
不足飽飫我
先得將爾乳之
將爾酪，將爾酥

生酥而熟酥
熟酥而至醍醐
我才甘心由你灌頂
如果你止於酪
即使你至酥而止於酥
請回去吧
這裡肅靜無事

一九九六

美味無神論

唇美
齒亦美
笑起來尤美
別笑
多笑就傻了
我處處奉你以
隆重禮節

尊你若
雲端神明
到那一天
我將突然無禮
成了
飛揚跋扈的
香甜無神論

一九九六

是愛

好像是愛
一點點希望
還得雲淡風輕
昨日，買傢具二件
本世紀初的長櫃
上世紀中葉的高櫥
那櫥，沉，烏幽幽

我彷彿咬了十九世紀一口肉
獨行俠的家不能稱家
鷹的巢，懸崖峭壁
詩稿積於櫃，書本列於櫥
我的懸崖峭壁哪
願無言而倚偎，聽落地的鐘
滴答滴答的童年少年

一九九六

命運

命運擺布我
我學會了旁觀的本領
命運之為大力神
它凡事總能出乎意外
順著它的脈絡去想
走的卻是岔路絕路
按照它的牌理拼打

輸得天旋地轉片甲不留
我在苦惱中欽佩了
命運對我真是一貫仁慈
它的耐心實在太好
用漫長的悲慘安排洪福
還說，你要異乎尋常的美妙
我只好精工細作

一九九六

保加利亞

德國公園裡的椅子
不動，不能移動
法國公園裡的椅子
有一些隨意可搬
保加利亞的路攤上
我買了一個蘋果
攤主說，再來一個吧

我搖頭，他又給我一個
我忙搖頭，蘋果又過來
噢，在保加利亞搖頭是「是」
聽說您也要到保加利亞去
您最好不要帶著您的頭
蘋果多幾個無所謂
假如有人向您求婚呢

一九九六

Welwitschia

降雨量極低
納米比沙漠
Welwitschia
全靠吸收薄霧的微濕
主幹厚一點五公尺
主根入地二十公尺
壽命一五〇〇年以上

二十歲開花，從此
一輩子開花開到底
這是蠻荒的傳奇
卻像在諷諫藝術
藝術的根尤其深
藝術比 Welwitschia 更長壽
開花開到世界末日

一九九六

眉目

你的眉目笑語使我病了一場
熱勢退盡，還我寂寞的健康
如若再晤見，感覺是遠遠的
像有人在地平線上走，走過
只剩地平線，早春的霧迷濛了
所幸的是你畢竟算不得美
美，我就病重，就難痊癒

你這點兒才貌只夠我病十九天
第二十天你就粗糙難看起來
你一生的華彩樂段也就完了
別人怎會當你是什麼寶貝呢
蔓草叢生，細雨如粉，鷓鴣幽啼
我將遷徙，卜居森林小丘之陬
靜等那足夠我愛的人物的到來

一九九六

陌生的國族

飄泊者的遲暮之年
風吹來故國的消息
誰死了，誰也死了
懷念而期望酬恩者
蓄忿而思圖復仇者
死，一片空白，了無餘波
就像戰火尚在紛飛

敵方的將帥罹病暴斃
至親好友相繼喪於瘟疫
秋風蕭瑟，勝利班師亦虛空
戰後滿目倖存的陌生人
愛是熟知，恨也是熟知呀
遲暮之年的飄泊者
遙遠的故國已是一個陌生國了

一九九五

佛芒海燕

我望著佛芒海燕
牠隨風與氣流翱翔
一足轉動，翅即傾斜
控制了方向和風勢
在風速六十里中穩穩飛掠
繞圈，轉彎，高高低低
我眼睛也看瘦了

牠沒有搧過一搧翅膀
難怪信天翁可連飛半年
佛芒海燕嘴上的鼻管
也能自行排除鹽質
白頭，白頸，背和翅淡灰
暴風雨中一小片雲
蘇格蘭海岸，我的朋友

一九九六

Solitude

Akademie Scholoss Solitude

席勒、歌德被邀請
來此地寫作，朗誦
每天早晨六點鐘
臣僕叩門，奉旨敦促起身
我叫道：請稟國王陛下
繆斯還在沉睡

我先起來又有何事可做
德國南方斯圖加特市郊
巴登符騰堡選帝侯的夏宮
遠絕市塵，高凌山頂
只有風聲雨聲鳥啼聲
頗多人全身古裝騎著駿馬
馬蹄敲著鵝卵石的地面
石卵中有一塊曾是我的心

一九九六

另類歐羅巴

都柏林
三一學院
九世紀的克爾斯
The Book Kells
愛爾蘭之夜
塞爾特人的脾氣

週末，有一種運動
叫「酒吧式游泳」

在密密洶洶的人叢中穿梭
真要拿出點旱地浮泅的本領
到O'Donghue去
進門即見侍者高高走在吧檯上

他的雙腳移動於酒杯間
你招呼，驀然一杯啤酒到了眼前
愛爾蘭的啤酒氣泡濃濃而細細
渾圓地罩在杯口上，心口上

都柏林的星期天
十點鐘，才見姍姍行人
每月的第一個假日的上午
鐵匠場，馬匹貿易

鄰近的大男孩們
足登厚厚的木屐
戮力踩在石板上
一片晴朗的馬蹄聲

伺機躍上馬背
馳騁過癮
不用鞍韉的騎術

才稱得上士馬精妍

一九九六

印度

鄰近幾家印度人
風，肴漿的調煮
印度人連續吃喝麼
華嚴蠻荒的香味
不必再去印度了
濃烈的香味
率領印度找上門來了

一九九七

蒙特里奧

葡萄山，橄欖城
急湍奔流，帶動了
紡織和造紙

五十年前
異國的廉價勞工
抵銷天然古舊的行業

年輕人出走
幼稚園關門
蒙特里奧形同鬼蜮

市民三千剩八百
天使在夢中顯身
捧來一部閃光的巨書

市民們相呼而議
無視電腦網路
協力經營書店

安謐的窄巷
餅屋一
雜貨鋪一

屠宰場一
酒吧一
書店十二

許多這樣的巷
成了書的叢林
留連於清醒的迷宮

謹以收藏

珍本二手書聞名
裝訂、印刷、文具跟進

文藝衍生副產品
興動山城整個繁榮
市長說，一切拜古書之賜

市民富裕
紛紛翻修
十八世紀的老屋

一九九六年觀光客十萬
書的情人，閒雅斯文

珍惜此地的明山秀水

星期日
教會廣場文藝市集
靜，像一場聖徒的默劇

熙來攘往，和顏悅色
要說最高分貝的噪音
那就算教會的悠揚鐘聲了

一九九七

五月街

深灰暗綠整潔靜謐
著名的街曖昧的街
五月晼晚兩個人兩個人地走
酒吧的名稱狡黠而憨蠻
門口，小群文雅的喧譁
幽幽暮色，臉龐更清晰
一路的遼闊胸背緊峭腰膂

浮豔於黃昏，沉萃於午夜
深灰暗綠兩個人兩個人地走
整潔靜謐克利斯朵夫街
河之濱，水面風冷，窅黑
兩人共懷一盞薄明的燈
深灰暗綠沿著河水走
晨曦中的胴體已是初夏六月

一九九六

普羅旺斯

連朝秋雨
放晴
空氣飄松香
一片澄藍天
鷹飛高高，叫
遊客漸稀

小鎮恬靜
翠綠轉金黃
葡萄串串剪
柳條筐，弓著腰

就地午餐
睡一忽兒
筐重三十斤
繼續剪葡萄
夕陽西下

厚實大木桌
陳年佳釀

簡明的笑料
開懷暢飲
普羅旺斯夜晚

飽食坡上草
綿羊要下山過冬
一路多少小鎮
安排茶水，搭大棚
攤販雲集

茸毛拖鞋
羊皮背心，蜂蜜
橄欖油，乳酪

製作時的照片
給地址，請來農場看看

葡萄藤燒
煙味甜絲絲
小羊排蒜香
腴嫩鮮美
阿爾卑斯山的草餵的

一簇野花
一件披風，一段松幹
灑然擺在攤上
長獵槍，山豬頭

那是賣野味的

明年葡萄熟
羊群又要經過
秋天就這樣
秋天
普羅旺斯

一九九四

歌詞

你就像天空籠罩大地
我在你懷中甜蜜呼吸
你給予我第二次青春
使我把憂愁忘記
我是曾被天使寵愛過來的人
世上一切花朵視同塵灰
自從我遇見你

萬丈火焰重又升起
看取你以忠誠為主，美麗其次
可是你真是美麗無比
你燃燒我，我燃燒你
無限信任你
時刻懷疑你
我是這樣愛你

一九七五

通心粉

一堵紅牆露出金色的隙縫
上面兩枝杉木濃蔭匝地
天藍得好像不是在別國看到的天
白石的臺階陡峭，高處是靛青的門
杏子，檸檬，佛手在橄欖林中發光
意大利全靠一個太陽，我全靠一個你
我給你買了頂威尼斯參議員的紅帽子

在這裡，漁夫們也戴著走來走去
大家都吃通心粉，哪裡就通了心了
別後，想起你的頑皮，我就愛

一九九三

春雷

筆下的字跡日益零亂
心神怔忡，我快要離去
晚餐時忽然驚喜，雷聲
夜雨中雄渾莊嚴的雷聲
兒時，我最愛聽每年的春雷
尤其是第一陣，分外神聖
那時我無所回憶無所希望

卻覺得春雷在許諾什麼預告什麼
並非單是指草青花開水流蛙鳴
是別的，必定還有別的更好的
會像春天一樣的來臨，撲在我身上
故鄉的春雷，隆隆預告的
原來是因精美而遲到的你
無奈我又將歸日難期地離去

一九九五

芹香子

你是夜不下來的黃昏
你是明不起來的清晨
你的語調像深山流泉
你的撫摩如暮春微雲
溫柔的暴徒，只對我言聽計從
若設目成之日預見有今夕的洪福
那是會驚駭卻步莫知所從

當年的愛，大風蕭蕭的草莽之愛
杳無人跡的荒壟破塚間
每度的合都是倉猝的野合
你是從詩三百篇中褰裳涉水而來
髣彼兩髦，一身古遠的芹香
越陌度阡到我身邊躺下
到我身邊躺下已是楚辭蒼茫了

一九九五

我的體溫

頹牆上覆垂著鮮花
橄欖枝重生綠意
古水道暗紅穹窿下
白的叢叢簇簇那是杏仁樹
春草波連的羅馬郊野
罌粟若焰，紫羅蘭錦褥鋪展
昨日斜陽中我尋到一尊雕像

白石雕像極似十二年前的你
我神思恍惚一整天了
此刻好些，我走在再訪的路上
雕像即將沁遍我的體溫
我如蘿藤纏柏樹那樣地摟抱你
從城頭上掠下來的陣陣清風
帶著巴拉丁古園的薔薇幽香

一九九三

漁村夜

絨茸茸的稻田中筋絡似的細流
是運河的分支，運河映著日光
秋木清瘦，披著赭紅粉屑
積雪的阿爾卑斯山變得柔和了
雄偉的大線籠蓋著遼闊的地面
橙黃，青綠，淡藍紛紛抹下來
黃昏就這樣降落在亞平寧山脈上

羊腸小徑沿著嵯峨的峰巒蜿蜒
重複，交錯，如天神們的舞跡
長風吹來海水雜著橙樹的氣味
海是拉丁海，在暮靄中顫動閃爍
小船卸帆，安安穩穩先睡了
我在米蘭平原的漁村中等你
今宵與我共眠，還只是記憶中的你

一九九三

波蘭

遞給一支菸
同時抽起來看窗外
菸又辣又甜，德國的
開始下雨，斜擊著玻璃
田野上空烏雲密佈
樹木糧倉村莊匆匆而過
也去克拉科夫嗎

是的，是個很美的城市吧
很美卡托維茲也美
下午可以去法弗爾堡
莫忘了瑪麗亞教堂
法伊特・施托斯祭壇
建築物上的油畫不必看

觀望城牆，塔樓
教堂和屋群
賣櫻桃者，修士
單匹駕馭的小馬車
包頭巾的村婦
將來怎樣講述克拉科夫呢

當它沐浴著陽光
酸櫻桃在陡峭的城牆下閃耀
鴿子連片飛向舊區
風徐徐吹度到喧囂的市場
從背後，看諾瓦胡塔
那些平坦和善的耕地
將來不會向誰講述這些的

一九九四

年輕是一種天譴

七月中午
草地剛刈過
處處青澀氣味
陽光無盡地下射
走到哪裡去
總覺得太年輕
缺少的不是一樣兩樣

整個兒年輕是無救的

玫瑰花臺，樺林小徑
躺下來，側身眺望
池塘淡藍水面
飄浮洋洋自得的憂悒
知道一切都好，我也好
可是沒有人知道我

粉黃蝴蝶
從這枝草飛到那枝草
樺樹的淺色枝條
在頭上款款擺動

這樣天氣就更熱了
薔薇叢中麻雀跳著
有一隻假裝用力啄地面
還快樂地叫，叫
池塘那邊傳來擣衣聲
人的笑聲，潑水聲
我知道他們是不知道我的

一九九三

奧古斯答

由於太熱夏季很短促
八月二十日後沒幾天
空中湧出一批膽怯的雲
灑下少些血的溫度的雨
入夜，閃電在地平線上交織
這道光未消失那道光已顯現
像天神的思路……清晨

鵪鶉色的波浪前程難卜似的憂悒
傍晚無風，海面還是層層皺紋
煙灰，鐵灰，轉為珍珠母灰
殘雲在最遠處貼及水面
希臘海岸那邊可能下雨了

一九九四

去羅卡拉索之前

坐著
與海隔大路
鹽味彌漫
堡頂升了旗
歡迎什麼呢
巨響蓋過所有的聲音
小飛機最低地掠去

五色紙片紛紛下
青年，姑娘
喜形於色的紳士
華麗老太太
這些都是別人
快樂，安全，不吃虧
沒有體會過屈辱
賣氣球的走了
那些人就像跟著走
小車停住
出來男的精緻皮鞋
女的一蓬紗
咖啡店裡的都看

她有點窘，笑笑
他對大家招呼
這些都是別人
除非拿到二十萬里拉
再見，去羅卡拉索
目前僅只星期天
海風一陣一陣
酒吧的糕餅爐
向外
向上帝
散出荳蔻的香味
比誰都說得好

一九八九

杰克遜高地

五月將盡
連日強光普照
一路一路樹蔭
呆滯到傍晚
紅胸鳥在電線上囀鳴
天色舒齊地暗下來
那是慢慢地，很慢

綠葉蔭間的白屋
夕陽射亮玻璃
草坪濕透，還在灑
藍紫鳶尾花一味夢幻
都相約暗下，暗下
清晰，和藹，委婉
不知原諒什麼
誠覺世事盡可原諒

一九九三

海風Ｎｏ.１

海風對人非常有益
是啊，我信的
只要天氣許可
就到這兒來吹海風

海風所說的
別的風都說不好

說得好的是海風
我要說的，海風代說了

一九九六

海風No.2

海邊
大幅度的微風
清晨到傍晚
都是我的意思

夜的海風很悲傷
不是我的意思了

或者
我從前的意思

一九九六

木心作品集——

我紛紛的情欲

作　　者　木　心
總 編 輯　初安民
責任編輯　何宇洋　施淑清
美術編輯　黃昶憲　林麗華
校　　對　何宇洋

發 行 人　張書銘
出　　版　**INK** 印刻文學生活雜誌出版股份有限公司
新北市中和區建一路 249 號 8 樓
電話：02-22281626
傳真：02-22281598
e-mail：ink.book@msa.hinet.net
網　　址　舒讀網 http：//www.inksudu.com.tw

法律顧問　巨鼎博達法律事務所
施竣中律師
總 代 理　成陽出版股份有限公司
電話：03-3589000（代表號）
傳真：03-3556521
郵政劃撥　19785090　印刻文學生活雜誌出版股份有限公司
印　　刷　海王印刷事業股份有限公司

港澳總經銷　泛華發行代理有限公司
地　　址　香港新界將軍澳工業邨駿昌街 7 號 2 樓
電　　話　（852）27982220
傳　　真　（852）27965471
網　　址　www.gccd.com.hk

出版日期　2012 年 9 月　　初版
2021 年 6 月 10 日　初版二刷

定　　價　340 元
ISBN　978-986-5933-13-5

國家圖書館出版品預行編目資料

我紛紛的情欲／/木心著
--初版, 新北市中和區：**INK**印刻文學,
2012.09　面；公分
ISBN　978-986-5933-13-5　（平裝）
851.486　　101010549

木心作品集

封底繪圖—李健儀
視覺設計—陳文德

你在愛了／我怎會不知／這點點愛／只能逗引我／不足飽飫我／先得將爾乳之／將爾酪，將爾酥／生酥而熟酥／熟酥而至醍醐／我才甘心由你灌頂／如果你止於酪／即使你至酥而止於酥／請回去吧／這裡肅靜無事——〈醍醐〉

你是，啊，一架／稀世珍貴的金琴／無數美妙的樂曲
彈奏過，我曾／你如花的青春／我似水的柔情
我倆合而為神／生活是一種飛行
四季是愛的襯景／肉體是一部聖經
——摘自〈肉體是一部聖經〉

ISBN 978-986-5933-13-5
00340
9 789865 933135
INK
舒讀網
http://www.sudu.cc

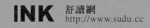